D0650903

Menteuse, Manon Rousseau!

Couverture et illustrations : Lucie Lavallée

Éditique : Marie-Josée Hotte

Révision pédagogique : Monique Senécal

Révision linguistique : Michelle Martin

290, rue Dupuis, Vanier (Ontario) K1L 1A2
Tél. : (613) 747-8000
Téléc. : (613) 747-2808

ISBN 2-89442-006-4

Dépôt légal — premier trimestre 1993
Bibliothèque nationale du Canada

1

À quelques jours de Noël, les magasins fourmillent de clients à la recherche du cadeau idéal. Manon sourit. Elle a toujours aimé la foule bruyante des grands magasins en décembre. Ce soir, elle est doublement heureuse parce que Denis l'accompagne.

Denis! Elle est folle de lui. Elle écrit son nom partout : sur son cartable, sur son étui à crayons, sur le miroir embué de la salle de bains après sa douche. Elle se demande parfois pourquoi il s'intéresse à elle. Un athlète! Un champion! Toutes les filles se pâment devant lui. Mais c'est elle qu'il a invitée à danser à la première sauterie de l'école. Depuis, ils sont devenus inséparables.

Comme des enfants, ils rient de tout et de rien. Ils s'arrêtent devant le jardin de givre. Le Père Noël est assis sur son trône. Ses Oh, Oh, Oh! et ses Ah, Ah, Ah! caverneux font écho dans tout le mail.

– Pauvre bonhomme! s'exclame Manon. Il a de quoi rire avec ce que les enfants lui racontent. Tu connais mon oncle Lucien? Bien, il a déjà été Père Noël dans un centre commercial. Puis, tu sais ce qu'un petit gars lui a demandé? Il lui a demandé s'il voulait lui échanger sa sœur contre un dinosaure.

– Avec les enfants, ajoute Denis, on ne sait jamais à quoi s'attendre. Je le sais. J'ai trois neveux, trois petits diables.

– Aussi diables qu'elle? fait Manon, en pointant une fillette qui fait des grimaces au lutin pendant que le photographe s'impatiente.

Ils éclatent de rire de nouveau et se dirigent vers le comptoir des bijoux. Quel spectacle! Les bracelets, les colliers, les boucles d'oreilles, tout brille.

Denis compte sur Manon pour l'aider à choisir un cadeau à sa mère.

– Elle porte surtout du bleu, ma mère. Elle est toute petite et elle préfère les bijoux délicats.

Manon est fière de la confiance que lui témoigne Denis. Elle entend déjà madame Blanchard la remercier d'avoir choisi un bijou d'aussi bon goût. Elle fait le tour du comptoir, regarde çà et là. La lumière joue sur un collier en faux diamants. Elle enfile un bracelet, l'admire, le retire, le dépose délicatement à sa place, puis revient vers son ami. Il n'a toujours pas arrêté son choix.

– Regarde, Denis, celui-là. Je suis sûre qu'elle l'aimera. C'est un bijou pour une femme en bleu, je te le jure.

Denis prend le médaillon garni de perles, l'examine sous toutes les facettes. Excellent choix! Il fait signe à la commis qui remet de la monnaie à une cliente. Manon se penche vers Denis, lui donne un bec sonore sur la joue.

– N'oublie pas de demander une boîte. Il va falloir l'emballer.

Elle contourne de nouveau le comptoir, repère le bracelet qui a attiré son attention il y a quelques instants, l'enfile de nouveau, puis descend la manche de son chandail. Personne ne regarde. Denis, occupé à payer la commis, n'a rien vu. Quelle adresse!

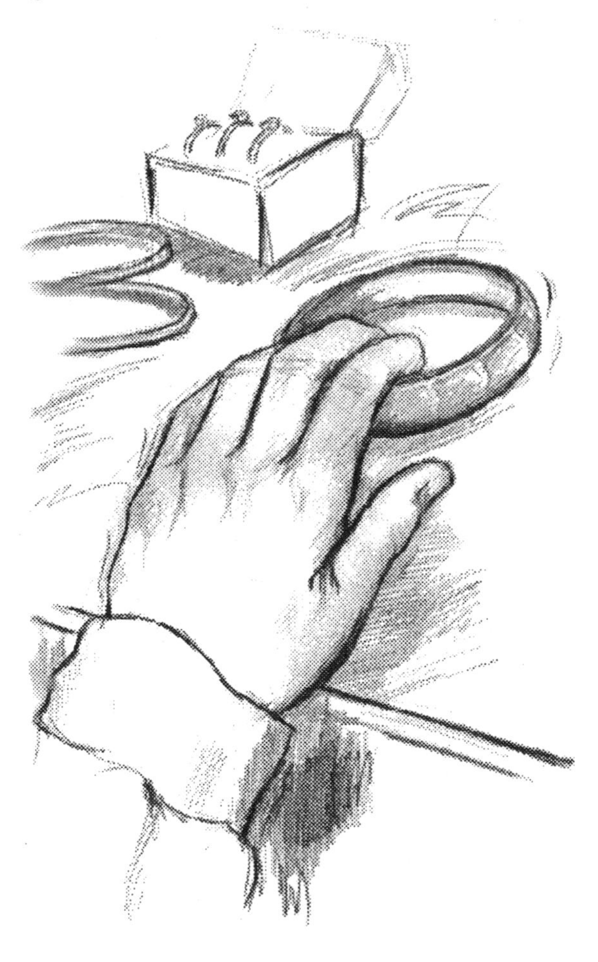

2

Le mail est toujours aussi animé. Une chorale entoure un énorme sapin et entonne un nouveau chant. Les clochettes d'un gros bonhomme joufflu invitent les passants à déposer une aumône dans le tronc de l'Armée du Salut.

– Allô!

La voix fait sursauter Manon. C'est Josée Sauriol, une fille de sa classe de sciences. Pourquoi la salue-t-elle ce soir, alors qu'elle ne lui parle jamais à l'école? Manon n'est pas dupe. Elle connaît trop les réactions physiques d'une fille embarrassée pour croire que cette salutation lui est adressée. Une fille toute rouge comme une pomme MacIntosh, ça ne veut dire qu'une chose. Aussi sent-elle un pincement dans la petite pointe de son cœur.

– Comment la trouves-tu, cette fille?

– Pas mal. Elle est assez jolie et je sais qu'elle est excellente en gymnastique...

– Mon petit doigt me dit qu'elle ne détesterait pas sortir avec toi!

– Ah oui! Merci du renseignement. C'est bon à savoir au cas où tu deviendrais peu commode à vivre. Oh! Manon, ne me dis pas que tu as les yeux verts!

– Je ne suis pas jalouse!

Denis prend Manon par la main et l'entraîne.

– À ton tour maintenant. J'ai hâte de voir le cadeau que tu vas choisir pour Valérie l'épouvantail!

– Denis Blanchard, arrête de rire de mon amie, tout de suite! Valérie n'est pas un épouvantail. Elle est seulement différente. Elle aime s'exprimer par ses vêtements, par sa coiffure, bon! C'est pas un péché! C'est ma meilleure amie, même si elle est un peu «flyée». Je te défends de rire d'elle... surtout devant moi.

– D'accord. C'est promis, juré!

Denis, se moquant des passants, la saisit par les coudes et l'attire vers lui.

– Je t'aime quand t'es fâchée.

Ils s'embrassent comme s'ils étaient seuls au monde.

– Et qu'est-ce que tu vas lui acheter, à ta chère Valérie?

– J'avais d'abord l'intention de lui acheter une lime à ongles et une bouteille de vernis.

– Elle aimerait sûrement un beau vernis vert crocodile ou violet salon mortuaire.

– Eh bien! Ce n'est pas ce que je lui achète! J'ai changé d'idée parce que mon amie Valérie, vois-tu, elle mérite mieux que ça.

– Oh pardon! On est peut-être au mauvais endroit. Ici, tu sais, on ne vend pas de Jaguar rose framboise écrasée.

– Tu ne brûles même pas! Puis arrête de t'en faire, son cadeau est déjà trouvé.

Manon regarde Denis, fière de son coup, les yeux pétillants de malice.

– Veux-tu voir un petit tour de magie? Je vais te faire apparaître un cadeau superbe en un clin d'œil.

Denis sourit, ne sachant à quoi s'attendre. Elle fait des gestes bizarres, prononce la formule magique et, au Abracadabra final, elle retrousse sa manche.

– Voilà!

Incrédule, il écarquille les yeux, semble fasciné. Encouragée par sa réaction, elle poursuit.

– Manon Houdini en personne! J'ai un talent rare pour faire apparaître... et disparaître les objets.

Elle rit, la tête rejetée en arrière.

– J'espère qu'elle va l'aimer, parce qu'il n'y a malheureusement pas d'échange.

La remarque de Denis arrive comme une douche d'eau froide.

– T'as pas fait ça!

– Oui, Monsieur! Disons que je l'ai «emprunté sans permission».

– Manon, va le reporter!

– Es-tu fou?

– Non, je ne suis pas fou! Du moins, pas assez pour vouloir sortir avec une voleuse!

– Ah Denis! Tu fais une montagne d'un grain de sable.

– Va le reporter!

– Jamais de la vie!

– Manon Rousseau, t'es malade!

Denis tourne les talons. Manon reste là, plantée au beau milieu du mail. Un client hausse les épaules, un sourire moqueur aux lèvres. Il s'ennuie sans doute de sa jeunesse et de ses querelles d'amoureux.

3

Manon, encore une fois, est laissée à elle-même. Sa mère, qui travaille de nuit, a déjà quitté la maison et son père n'est pas encore rentré. La jeune fille a été dans le brouillard toute la journée. Soudain, la sonnerie du téléphone la fait sursauter.

– Allô!

– ...

– Non, maman est partie travailler.

– ...

– C'est ça, je lui demande de vous rappeler demain matin.

– ...

– Salut!

Elle raccroche en soupirant.

– Je ne savais pas que j'avais autant de tantes et d'oncles. Je les trouve tous plus fatigants les uns que les autres. C'est pas mêlant, je pense que je suis allergique à la parenté.

Elle retombe dans sa grisaille. Comment s'en sortir?

Elle a déjà pris deux douches, mais n'a pas réussi à laver son cauchemar. Elle les a vus dans son rêve, Josée et Denis. Il venait la chercher pour aller au bal. En limousine, à part ça!

– Ah l'effrontée! Et dire qu'elle portait la robe que je voulais acheter avec l'argent que j'ai gagné à garder les petits de madame Chartrand.

Le téléphone la tire encore une fois de sa torpeur.

– Allô Manon! C'est Val.

– Ah! allô…

– Mon Dieu, dormais-tu? T'as des fils d'araignée dans la voix. À moins que tu aies mangé des chauves-souris pour souper!

– Non Val, je n'ai juste pas le goût de parler.

– Ah bon! Écoute, si t'es déprimée, on peut toujours aller faire un pique-nique au cimetière. Il paraît que c'est bien tranquille, surtout à ce temps-ci de l'année.

– Je n'ai pas tellement le goût...

– Ou bien on pourrait aller voir *Gone With the Wind*, puis faire croire qu'on a aimé ça juste pour écœurer le monde.

– Valérie! Je n'ai pas le goût de me faire niaiser. Salut!

Le récepteur à peine raccroché, elle regrette déjà son geste. Elle ne voit pas d'issue. Elle se met à pleurer. Qu'est-ce qu'elle va devenir? Tout autour d'elle semble tellement laid. Comment ne pas étouffer dans une atmosphère semblable? Comment respirer dans une maison écrasée, cachée au fond d'une rue? Les meubles sont démodés, le papier peint est fané, le plafond est jauni et le tapis, usé à la corde. Manon ne veut pas rester prisonnière d'un tel décor toute sa vie. Elle ne l'a pas choisie, cette vie-là. Toujours compter ses sous, ne jamais pouvoir s'acheter de petites gâteries...

La vie est cruelle. Elle avait un rayon de soleil dans la vie : Denis. Et elle l'a perdu... ou plutôt, elle l'a chassé par sa conduite.

– Je suis peut-être née pour un p'tit pain! Peut-être que je ne mérite pas mieux! Quand les choses ne vont pas trop mal, j'ai toujours le don de tout gâcher. Pourquoi est-ce que j'ai fermé la ligne au nez de Val, par exemple?

Le téléphone sonne de nouveau.

– Allô Manon! C'est encore moi. Je m'excuse de t'avoir niaisée tantôt. Tu n'avais vraiment pas l'air dans ton assiette. J'ai exagéré. En tout cas, je veux juste te dire que, si tu as besoin de moi, je vais aller te trouver.

La digue éclate.

– Oh Val! J'suis assez malheureuse! Denis s'est fâché contre moi hier soir, et il m'a plantée là, au beau milieu du mail Saint-Laurent.

Les sanglots l'étouffent. Valérie patiente jusqu'à ce que son amie reprenne son souffle. Elle l'aide à vider son sac.

– Vous vous êtes chicanés?

– Oui, puis il est parti. Ah Val! J'ai le goût de disparaître de la carte. J'aimerais me déguiser en courant d'air. Je me sens toute croche. Denis, c'est ce qui m'était arrivé de plus beau dans la vie. Je n'arrête pas de me faire du mauvais sang; j'ai mal dormi toute la nuit. Je n'arrête pas de le voir avec Josée Sauriol. Ah Val! Je l'aime, je ne peux pas m'en passer. On était tellement bien ensemble.

– Écoute Manon! Je ne veux pas savoir pourquoi vous vous êtes chicanés. Ça ne me regarde pas. Mais je suis sûre que ça peut s'arranger. Puis je te trouve bien bête de rester là à souffrir comme une innocente. Appelle-le, parlez-vous. Il y a sûrement moyen d'arranger les choses.

– Ah Valérie! Le plus grave, c'est que je sais qu'il a raison.

– Bien tant mieux! Téléphone-lui, explique-toi. Dis-lui que tu as réfléchi.

– Et s'il me raccroche au nez? Si son petit frère me dit qu'il est sorti avec Josée Sauriol?

– Holà! Manon Rousseau, tu dramatises! Qui sait? Il a peut-être du regret lui aussi.

Il attend peut-être seulement que tu fasses les premiers pas. Écoute, calme-toi d'abord, pense à ton affaire, puis rappelle-moi quand tu auras des nouvelles. D'accord? Salut, puis bon courage!

Manon raccroche. Elle tourne en rond. Les idées font autant de tours dans sa tête qu'elle en fait dans la maison. Elle se cale dans son fauteuil à penser, les genoux ramenés sous le menton. Elle a le choix : agir en enfant boudeuse ou régler son problème de façon rationnelle.

Le temps passe. Elle pèse le pour et le contre. Elle décide enfin d'écouter son cœur et de marcher sur son orgueil. En pensée, elle fait et refait dix fois les phrases qu'elle veut lui dire.

Elle se lève enfin, prend le temps de respirer profondément, puis met la main sur le récepteur… La sonnerie la paralyse comme un choc électrique.

Elle répond, la voix blanche.

– Allô!

– Allô Manon! C'est Denis.

4

Manon regarde sa montre. Vraiment, ce serait fou d'appeler Valérie à une heure aussi tardive. Elle se contente de serrer son nounours contre elle. Inutile de lui raconter sa soirée. Il a tout vu, lui, témoin immobile. C'est même lui qui a brisé la glace. Elle revoit dans sa tête chaque moment de la soirée.

Denis l'attendait à la porte, les mains derrière le dos. Il n'osait pas frapper. Alors, elle a respiré profondément, puis elle est venue à sa rencontre, comme on se jette à l'eau. L'air embarrassé, il lui a présenté un petit sac dans lequel elle a trouvé un tout petit Câlinours. Un billet écrit de la main de Denis et attaché à la poitrine du nounours disait : «On fait la paix?» Elle n'a pas trouvé les mots pour répondre. Elle s'est plutôt jetée dans ses bras. Son cœur battait comme un tambour. Les lèvres de Denis sur sa tempe répandaient en elle une douce chaleur.

Puis ils se sont mis à marcher dans la nuit froide. Une neige, en gros flocons, tombait paresseusement. Une vraie soirée comme dans les contes de Noël, une soirée qui invite à la paix et à la réconciliation. Ils ont marché longtemps, sans rien dire. Puis c'est Denis qui a rompu le silence. Elle aurait tout donné pour se perdre encore dans ses bras, pour que le problème s'évanouisse sans laisser de traces. Hélas! elle devait faire face à la réalité.

La voix de Denis était calme.

– Manon, je veux que tu saches que tu es la fille que j'aime. Je te trouve belle. Je te trouve gentille à mort. Mais je veux qu'on joue cartes sur table. Je ne veux pas vivre dans le mensonge; je ne veux pas qu'on gâte ce qu'on vit de beau ensemble.

Suivant alors le conseil de Valérie, elle passe aux aveux.

– Écoute, Denis, j'ai eu tort, je le reconnais. J'ai fait une sottise et je m'en excuse.

À son tour, Denis s'explique.

– Je n'aurais pas dû être aussi soupe au lait et te faire une scène. Moi aussi, je m'excuse. Mais il faut en parler, il faut purifier l'air si on a l'intention de continuer ensemble.

Manon ne se souvient plus très bien de tout ce qu'elle a dit par la suite. Cela lui revient par bribes.

– J'ai commencé ce petit jeu-là par défi, pour m'amuser, pour épater mes amies... J'ai toujours pensé que c'était correct tant que je ne me faisais pas prendre... que, si jamais on me pinçait, on me laisserait aller après m'avoir fait quelques recommandations... C'est toujours une bataille pour obtenir de l'argent de mes parents... Je suis fatiguée de quêter... J'aime le beau... Je veux être aussi bien habillée que mes amies... Je trouve ça difficile de travailler et d'étudier en même temps.

Une porte qui claque interrompt le fil de sa pensée. Elle regarde l'heure. Une heure vingt-huit. Son père rentre. Il a sûrement fêté son «bonus» de Noël avec ses amis à la taverne. Elle l'entend trébucher dans l'escalier. Pourvu qu'il ne vienne pas dans sa chambre. Quand il a bu un verre de trop, il en profite souvent pour lui dire ce qu'il appelle «ses quatre vérités». Elle attend. Les minutes passent. Elle écoute... Plus rien.

Le calme revenu, elle repense à sa soirée et essaie de se souvenir des paroles exactes de Denis. Elle se rappelle surtout le ton de sa voix. Il avait vraiment l'air de souffrir. La conversation reste vague; elle lui revient en pièces détachées, comme un casse-tête.

– Tu ne peux pas continuer... C'est un jeu dangereux... La fin ne justifie pas les moyens... Tu aurais pu être emmenée au bureau de sécurité... L'agent de sécurité aurait rédigé un rapport... On t'aurait emmenée au poste de police pour subir un interrogatoire... Un casier judiciaire, c'est comme un chat qui dort, ça peut te sauter au visage au moment où tu t'y attends le moins...

Elle se souvient qu'elle a failli s'emporter, qu'elle a failli lui dire qu'elle avait passé l'âge des sermons, quand le dernier argument lui est arrivé comme une gifle.

– Ce qui me fait le plus de peine, c'est que tu as été malhonnête envers moi. Tu m'as embarqué dans ton bateau sans me demander la permission. Tu t'es servi de moi comme complice. Tu sais que moi aussi j'aurais été accusé.

– Oh mon Dieu! Je n'ai jamais pensé à ça!

Manon comprend alors qu'elle a une décision rapide à prendre. L'enjeu est trop important. Elle regarde Denis droit dans les yeux et lui dit, avec la meilleure volonté du monde :

– C'est fini, Denis, je te le promets, je ne recommencerai plus jamais!

– C'est vrai? Tu me le promets?

– Oui, je te le promets! Parole de Manon Rousseau!

Manon n'a malheureusement pas la chance de revivre la fin heureuse de sa soirée. Son père, d'un coup de poing, vient de faire claquer la porte de sa chambre contre le mur. Elle reste figée.

5

Manon se promène comme un automate. Elle n'a presque pas conscience de la foule qui bourdonne autour d'elle. Elle est trop préoccupée. Un nœud lui tord l'estomac. Est-ce que tous les pères sont aussi méchants? Elle a envie de crier, mais à quoi bon? Qui l'écouterait? Elle ne s'est même pas plainte à sa mère. Qu'est-ce que ça donnerait de toute façon? Elle l'accuserait sûrement d'avoir couru après. Comme d'habitude!

– Tu fais exprès, aussi, pour le faire sortir de ses gonds! Puis après, tu viens te plaindre.

Manon, elle, sait très bien qu'elle n'a pas mérité ce mauvais traitement. Elle est bien habituée aux sautes d'humeur de son père, mais c'est la première fois qu'elle le voyait aussi furieux. Il avait les yeux injectés de sang, les narines dilatées; il avait presque l'écume à la bouche : un vrai fou! Ses paroles étaient violentes et empoisonnées. Elle a cru pendant un moment qu'il allait la frapper. Il l'a engueulée comme du poisson pourri, l'a traitée de tous les noms. Il lui a reproché de ne pas encore gagner sa vie, de rester là à se faire nourrir, de ne rien faire pour se rendre utile dans la maison. À son âge, il était parti de la maison, lui; il se débrouillait seul, lui. Puis son père est reparti comme il était arrivé, en sacrant, en arrachant presque la porte.

Et ce matin, il a déjeuné comme si de rien n'était. Comment comprendre? Elle pourrait croire qu'elle a perdu l'esprit, qu'elle a eu une hallucination, si son chandail n'était pas là pour prouver qu'elle n'a pas imaginé ce cauchemar. Elle ravale sa peine. Son chandail! Son beau chandail qu'elle avait laissé sur le dossier de la chaise. Le chandail qu'elle devait porter pour aller au réveillon chez Denis! Ruiné! Une grosse brûlure de cigarette en plein centre! Irréparable! Comme elle aurait voulu hurler! Mais elle s'est tue. Comme elle se tait maintenant. Elle sait qu'il vaut mieux se taire... du moins pour le moment.

Elle entre donc au rayon des vêtements pour dames, se dirige vers le comptoir où sont empilés des chandails de toutes les couleurs. Elle repère le tricot turquoise, vérifie la taille et l'apporte à la caisse. La vendeuse est toute souriante.

– Il vous ira à ravir. Surtout avec la couleur de vos yeux.

Manon n'est même pas en mesure d'apprécier la gentillesse de la commis. Elle empoigne le sac, enfouit la monnaie au fond de sa poche et tourne les talons.

– Que c'est enrageant de devoir acheter le même vêtement deux fois! Surtout qu'il sera en solde dans quelques jours!

Lui reste-t-il maintenant assez d'argent pour acheter un cadeau convenable à Denis? Il a parlé d'une montre-chronomètre. Mais... Manon a un moment d'hésitation; elle vient d'apercevoir la mère de Luc Charpentier, un ami de Denis, au rayon des bijoux.

– Ah la vieille chipie! S'il y en a une que je n'ai pas le goût de voir aujourd'hui...

Elle tourne légèrement la tête, passe heureusement inaperçue et contourne le comptoir des foulards. Là, à côté des parfums, elle aperçoit un étalage de montres. Il y en a pour tous les goûts. Elle balaye la marchandise d'un coup d'œil et arrête son choix sur deux modèles qu'elle examine plus attentivement. Elle lit les étiquettes et élimine le premier modèle. La moins chère fera tout à fait l'affaire et, pour une montre de ce prix, elle a beaucoup de style. Elle compte mentalement. Elle a assez d'argent si elle accepte de passer les vacances à sec : pas de cinéma, pas de cassettes... Son cœur manque soudain un battement. Les taxes... il faut compter les taxes.

– Ah! Désespoir d'enfer! Pourquoi toujours des taxes... partout... tout le temps?

Le vendeur arrive, les bras chargés de boîtes.

– C'est à croire que le temps des fêtes, c'est le temps des boîtes. Tout le monde veut des boîtes pour emballer des cadeaux. Même pour emballer les cadeaux qui ne sont pas achetés ici.

Il n'arrête pas de parler, même lorsqu'il se penche pour ranger sa pile de boîtes sous le comptoir.

– Je ne serai pas fâché quand neuf heures va sonner. Ah! la journée est loin d'être finie! Il y en a toujours qui attendent à la dernière minute. Il faut presque les mettre dehors à la fermeture.

Il n'y a que la tête à moitié chauve du vendeur qui dépasse. Manon ne peut plus résister à la tentation. Elle regarde à droite, à gauche, puis elle agit rapidement. Et lorsque le vendeur se relève pour lui demander si elle a besoin d'aide, elle prend une montre au hasard, l'examine soigneusement et pose quelques questions pour laisser croire au vendeur que la montre l'intéresse.

– Elle est étanche?... La garantie est bonne?

Elle tourne et retourne la montre entre ses doigts, la regarde de près, de loin, fait semblant de réfléchir, puis la replace enfin avec une moue dédaigneuse.

– Savez-vous, je crois que je vais y repenser. Merci quand même!

Elle s'éloigne du comptoir, l'air naturel, un peu nonchalamment. Le seuil du magasin franchi, elle respire plus librement. Aucune alarme, aucun agent de sécurité. Elle se rend compte cependant qu'il y a quelque chose de changé. Aujourd'hui, elle n'a pas du tout le goût de se vanter. Elle est plutôt fâchée... contre elle-même.

La montre au fond de sa poche lui semble très lourde. C'est comme si elle entendait la voix de Denis.

– Tu as été malhonnête envers moi.

Et l'écho de sa propre voix lui revient comme un reproche.

– C'est fini, Denis, je te le promets. Je ne recommencerai plus jamais. Parole de Manon Rousseau!

6

– Joyeux Noël!

– Oh Val! Joyeux Noël à toi aussi! Puis, tu n'es pas trop fatiguée?

– Ah oui! Comme d'habitude! On est encore allés chez ma tante.

– Ta tante Lucie?

– Oui! Puis mes oncles ont encore chanté leur *Minuit chrétien*, comme d'habitude... en faussant.

– Tes oncles en or? Oh Val! Dis-moi encore leurs noms que je rie.

– Oscar, Valdémar, Dollard, mes trois oncles en or!

– T'es folle!

– Merci du compliment! Et toi, comment ça s'est passé, le réveillon?

– Tu ne pourrais pas le croire!

– Essaie toujours, on va voir.

– Ça ne s'exprime pas. Je me suis pincée toute la soirée pour être sûre que je ne rêvais pas. Je viens de vivre le plus beau Noël de ma vie! Valérie, c'est comme si j'avais goûté à un morceau du ciel.

– Mon Dieu, qu'est-ce qu'il pouvait bien y avoir de si extraordinaire?

– Tout! Je ne sais pas par où commencer.

– Commence par la maison. Je trouverai bien des questions à te poser et je finirai par tout savoir.

– La maison? C'est beau, c'est beau! C'est simple, mais c'est beau! Je n'ai jamais vu une maison décorée avec autant de goût. Qu'on est bien dans cette maison-là! Le feu dans le foyer, les bougies, les fleurs naturelles, le sapin tout décoré de petits tambours. Val, il y a des touches d'élégance partout. Tiens, même les serviettes de la salle de bains sont épaisses, moelleuses. J'avais quasiment peur de m'essuyer les mains.

– Puis t'oses me traiter de folle! Mais continue, ça m'intéresse. Comment sont tes beaux-parents? Est-ce que Denis a des frères, des sœurs?

– C'est du monde bien correct. Son père est travailleur social, sa mère travaille chez un dentiste deux jours par semaine. Sa sœur la plus vieille est mariée avec un comptable; elle reste à la maison avec ses trois petits gars. Son autre sœur est décoratrice dans un magasin de Montréal.

– Puis son mari, à elle?

– Sais-tu, je ne le sais pas!

– Eh bien! là, Manon, tu me déçois!

– Écoute, j'en ai eu cinq sur six, puis il y avait assez de monde : les oncles, les tantes, les cousins, les cousines. Tous des gens tellement gentils.

– Snobs un peu, je gage!

– Pas une miette. Je te le dis, Valérie, je n'ai jamais vu ça. C'est une famille où l'on se sent tout de suite à l'aise. Il y a de la place pour tout le monde. Si tu voyais comme ils sont plaisants. La grand-mère était là, toute fragile, toute tremblante.

Tout le monde l'entourait, lui parlait doucement, voyait à ce qu'elle ne manque de rien. Les parents étaient tendres avec leurs enfants, puis ça paraît que c'est naturel pour eux. Monsieur Blanchard, par exemple... Pendant la soirée, il m'a entouré les épaules avec ses bras, il m'a donné une grosse caresse, puis il m'a dit : «Je suis bien content que tu sois ici.»

– Puis là, il t'a dit qu'il avait toujours rêvé que son fils rencontre une fille aussi belle, aussi intelligente, aussi raffinée que toi. Arrête, tu vas me faire pleurer.

– Ris pas! C'est pas mêlant, je n'ai jamais été aussi heureuse de ma vie!

– Je ne ris pas, Manon! Je suis heureuse pour toi. T'es mon amie, t'es une fille extraordinaire, puis tu le mérites.

– Ah Valérie! Tu sais ce que Denis m'a donné en cadeau?

– Laisse-moi deviner. Un abonnement d'un an à ses parties de famille?

– Non! Imagine-toi que Denis m'a présenté une grosse boîte dans laquelle se trouvait une boîte un peu plus petite, dans laquelle se trouvait une boîte de conserve, dans laquelle se trouvait une minuscule boîte de chez... Birks, ma chère.

– Arrête de me faire marcher! Qu'est-ce qu'il y avait dans la minuscule boîte de chez Birks?

– Je ne te le dis pas! Je te le montrerai. Ça ne se décrit pas bien au téléphone, puis il faut que je te laisse. J'attends un téléphone de... Denis.

– Ça va. Je comprends. On se voit demain, alors?

– Oui. Passe une bonne nuit. Ne fais surtout pas d'insomnie en essayant de deviner ce qu'il y avait dans ma minuscule boîte de chez Birks.

– Non, non, promis. Salut!

Manon raccroche. Elle a encore sur le cœur un coussin de velours. Elle ne veut rien oublier de sa soirée. Elle pense au cadeau que la mère de Denis lui a offert : un certificat-cadeau donnant droit à une séance de maquillage à la boutique *Marie-Pierre*.

– J'ai pensé que c'était une bonne idée... avec le bal des finissants qui s'en vient.

Manon aurait voulu lui sauter au cou et la remercier de ne pas avoir oublié ce que c'est que d'être jeune.

Elle ouvre la boîte bleue et admire encore les deux perles rosées qui dorment comme deux étoiles dans leur monture d'or. Puis elle ferme les yeux pour essayer de recréer l'expression de Denis quand il a ouvert son cadeau. Comme il a été surpris! Comme il semblait heureux!

Elle prolonge son exercice de concentration pour revivre le moment d'intimité qu'ils ont volé au cours de la nuit. Elle sent la mâchoire carrée, la barbe drue, là, contre sa joue. Elle se rappelle chaque parole.

– Manon, j'aime ça voir des étincelles s'allumer dans tes yeux.

– Moi, j'aime tes sourcils en accents circonflexes quand t'es surpris.

Il lui semble entendre leurs voix de plus en plus basses.

– J'aime ton front...

– J'aime ton nez...

– J'aime ta bouche...

– J'aime même la cicatrice sur ton menton...

Chaque phrase se ponctue nécessairement de baisers et de caresses de plus en plus insistantes.

– T'es mon ange.

– Et toi, t'es mon nounours.

Manon sourit intérieurement en pensant à la suite.

– Ma scène de tendresse, Valérie Lebel, je la garde pour moi!

7

Les vacances ont fini en beauté et les classes ont repris ce matin. Manon, qui nage toujours en plein bonheur, assiste à la partie de ballon-panier. Les spectateurs applaudissent à tout rompre. Elle les regarde. Toujours les mêmes; ils sont fidèles. Ils sont peu nombreux, mais tapageurs à souhait. Elle écoute la clameur, tout oreilles, rose de plaisir. Ils applaudissent son Denis qui vient d'assurer la victoire à son équipe.

La sonnerie annonce la fin du match. Manon fait signe à Denis. Il comprend qu'elle l'attendra à sa case et lui répond par un clin d'œil. Les deux filles de neuvième assises derrière elle, qui n'ont pas cessé de trouver Denis beau, extraordinaire, super pendant tout le match, croyant qu'il les a saluées, sont sur le point de perdre connaissance. Manon a le fou rire.

– Pauvres pitchounettes, vous seriez mieux de vous trouver un autre Roméo en espadrilles. Celui-là, voyez-vous, il est réservé.

Elle sort d'un pas alerte pour aller arpenter le corridor. Le temps passe. La porte du vestiaire claque enfin.

– Félicitations, champion!

Manon veut lui sauter au cou, mais il la repousse et se dirige vers sa case sans dire un seul mot. Son visage est dur, ses gestes, rapides, saccadés. Le cadenas saute. Il jette ses livres et ses cartables pêle-mêle dans son sac et fonce, sans l'attendre, vers la sortie. Incapable de comprendre un changement d'attitude aussi subit, elle emboîte le pas.

– Denis, qu'est-ce qui te prend?

Il la dévisage, puis sort sa montre et une note chiffonnée de sa poche.

– Je viens de trouver ça dans un de mes souliers. T'es pas rien qu'une voleuse,

Manon Rousseau, t'es une menteuse, puis ça, je l'prends pas.

Furieux, il lance la montre et la note de toutes ses forces. La montre va se fracasser contre le mur de brique. La boule de papier tombe, comme une accusation, sur le trottoir de l'entrée. Denis part à grandes enjambées.

Manon défroisse le papier et lit à travers ses larmes.

Tu sors avec une belle voleuse!
Une personne digne de confiance
l'a vue piquer une montre
la veille de Noël.

Un ami qui te veut du bien

8

Depuis qu'elle ne fréquente plus le gymnase, le midi, Manon a adopté la bibliothèque, le coin des périodiques plus particulièrement. Et c'est là que Valérie vient la trouver tous les jours après sa réunion du club d'art dramatique. C'est un endroit idéal. Elle peut se caler dans un fauteuil, faire semblant de lire une des revues qui traînent habituellement sur la table et regarder passer les élèves qui entrent et sortent de la cafétéria.

Chaque jour, elle tue le temps comme elle peut. Elle examine parfois les gens qui passent dans le tourniquet. Il y en a de toutes les sortes : des grands, des petits, des gros, des maigres. Et jamais deux pareils! Sauf les jumeaux Dugas, bien entendu.

– Ils ont été faits avec du papier carbone, ma foi!

En ce moment, elle se livre à un de ses jeux préférés : elle s'amuse à associer les élèves à différents animaux. La fille au long cou qui attend au comptoir des prêts, par exemple, a l'air d'une girafe. Son amie qui fait les yeux doux à un gars-chameau ressemble, elle, à un écureuil, avec ses bajoues et ses petits yeux ronds et piquants.

Quand elle en a assez de ce petit jeu, elle passe à son étude des comportements. Quelle habile psychologue elle ferait! Elle a déjà classé les abonnés de la bibliothèque en trois types. Il y a d'abord les parasites qui viennent copier en vitesse les devoirs qu'ils n'ont pas eu le temps de faire la veille. Puis viennent les nombrils mouillés, les jeunes de neuvième qui viennent parfaire leur éducation en ricanant devant un livre du rayon de la sexologie. Enfin, les pauvres rats de bibliothèque qui s'usent les doigts jusqu'aux jointures à consulter les fichiers de A à Z.

Manon cherche une quatrième catégorie à ajouter à son classement quand la sonnerie du système antivol la fait sursauter.

Elle tourne brusquement la tête pour voir qui n'a pas fait enregistrer ses livres. Catastrophe! Denis passe à ce moment précis devant la grande fenêtre.

– Ah, mon Dieu!

Elle fige. Le feu lui monte aux joues. Il n'est pas seul. Josée Sauriol le suit sur les talons. Manon voudrait disparaître sous le tapis, mais à quoi bon. Elle essaie de se ressaisir; elle s'en veut même de réagir de la sorte.

– Pas de panique, Manon Rousseau! Pas de panique! Il fallait bien que tu t'y attendes. Ils étaient ensemble à la danse, vendredi soir. Puis, de toutes façons, si ce n'était pas elle, ce serait une autre. Mets-toi bien ça dans la tête, Denis Blanchard ne manquera jamais de filles!

Il l'a vue, elle en est certaine. Elle n'a pas eu le temps de se cacher derrière sa revue comme elle le fait depuis deux semaines.

– J'ai eu l'air d'une belle dinde! Rien de mieux à faire que de me réfugier à la bibliothèque. Arrive donc, aussi, Valérie Lebel!

Elle jette rageusement la revue-paravent sur la table, tape du pied quelques instants, se ronge les ongles et prend un journal qu'elle feuillette avec impatience. Un gros titre lui saute aux yeux.

MA FEMME N'ÉTAIT PAS UNE VOLEUSE, C'ÉTAIT UNE KLEPTOMANE

Manon lit l'article en quatrième vitesse. Un vieillard, riche à craquer, raconte comment son épouse, maintenant décédée, lui en a fait voir de toutes les couleurs. C'est presque incroyable! Son chauffeur déposait Madame chaque mercredi après-midi devant la porte d'un grand magasin. Une agente de sécurité du magasin, avertie d'avance, la suivait discrètement d'un rayon à l'autre, notant le prix de tous les articles qu'elle subtilisait.

«Il s'agissait la plupart du temps de bagatelles : une épingle à chapeau, un savon, un mouchoir de dentelle. Tous des articles qu'elle aurait pu payer cinquante fois avec l'argent qu'elle avait en poche. Même pas des choses dont elle avait besoin, la pauvre. Tenez... Un jour, elle a volé des cigarettes, elle qui ne fumait même pas. Ah! ...»

Manon en a assez lu. Elle se lève comme un éclair et se dirige d'un trait vers le rayon des dictionnaires.

– Je suis peut-être kleptomane.

Elle retire le Larousse et l'ouvre en hâte. Elle cherche, cherche... Enfin :

KLEPTOMANIE ou CLEPTOMANIE, n.f. (gr. *kleptein*, voler; *mania*, folie) (méd.). Monomanie qui pousse irrésistiblement à dérober sans nécessité.

– Non, je ne peux pas être kleptomane; je n'ai jamais piqué quoi que ce soit que je ne pouvais pas utiliser.

Puis la vérité la frappe.

– Si je ne suis pas kleptomane, je suis peut-être vraiment une voleuse!

Elle n'a pas entendu venir Valérie, qui la surprend.

– T'as pas peur que ça te morde, un gros livre comme ça?

Manon se retourne. Valérie remarque sa déconfiture.

– Ah Man! Laisse faire ton visage d'enterrement. Si tu souris, là, Valérie va te donner un beau cadeau!

Et sans même attendre le commentaire de son amie, elle sort la main de sa poche et lui tend un billet de la 6/49.

– Tiens, ça va te donner espoir, du moins jusqu'à mercredi. On dit toujours : «Malheureux au jeu, heureux en amour.» Eh bien! je me suis dit que le contraire devrait sûrement être vrai aussi!

9

Mercredi est arrivé et reparti comme il était arrivé. Rien n'a changé. Manon n'a pas gagné à la loterie. À vrai dire, elle n'a jamais cru qu'elle gagnerait. La chance, ce n'est vraiment pas pour elle!

Elle se sent de plus en plus malheureuse. Chaque jour qui passe lui laisse un goût de lait sur au fond de la gorge. Elle se traîne d'un cours à l'autre, mais à quoi bon! Elle n'arrive plus à se concentrer en classe. Tout ce que ses enseignantes et enseignants disent lui passe six pieds au-dessus de la tête.

– Faites attention! Cette question pourrait revenir à l'examen.

– Pauvre monsieur Brazeau, va! Si ce qu'il dit est encore vrai, son examen va compter au moins 378 questions.

Et puis Manon se moque bien des effets néfastes des pluies acides. Si seulement la cloche pouvait... Dring!

– Ouf! Sainte Délivrance!

Manon ramasse son énergie, se lève et sort. Sa décision est prise. Elle en a assez d'être malheureuse. C'est aujourd'hui qu'elle va en avoir le cœur net.

Elle arrête à sa case, enfile ses bottes, son manteau, ses mitaines, glisse son livre de français dans son sac et quitte l'école. Elle marche à grands pas, les mains enfoncées dans les poches, le collet relevé.

– Maudit hiver!

L'air vif et sec lui aiguillonne le bout du nez. Heureusement, l'autobus ne se fait pas attendre. Elle monte, prend le premier siège libre et regarde les passagers sans toutefois les dévisager. Est-ce que chacun a aussi sa petite histoire? Comment règlent-ils leurs problèmes? La petite femme rondelette, assise là, est-elle une femme heureuse? Comment gagne-t-elle sa vie? A-t-elle hâte de rentrer chez elle?

La voix du chauffeur coupe court à sa réflexion. CENTRE SAINT-LAURENT! Manon a un petit recul, comme au moment d'entrer chez le dentiste. Mais vite elle se ressaisit.

– Après je saurai si c'est simplement une mauvaise habitude.

Elle entre dans un magasin d'un pas décidé. Mais à peine a-t-elle franchi le seuil qu'elle a le cœur en compote. À quelques jours de la Saint-Valentin, le magasin est envahi de cupidons grassouillets qui visent les clients de leurs flèches empoisonnées... d'amour.

Elle file comme si elle avait le diable à ses trousses et passe le rayon des chaussures sans s'arrêter. Les souliers, ce n'est pas sa passion. Elle se dirige plutôt du côté des vêtements. C'est là son faible! Elle fait le tour, arrête devant un mannequin qui lui en met plein la vue. La nouvelle coupe des jeans est sensationnelle et le petit pull de coton bleu acier est un complément parfait. C'est même sa couleur préférée.

– Vous voulez l'essayer?

– Oui, merci! Les jeans et le pull, s'il vous plaît.

Manon entre dans la salle d'essayage et en ressort quelques minutes plus tard. L'image que le miroir lui renvoie lui plaît énormément : taille fine, longues jambes.

– C'est un ensemble de rêve! Il me le faut!

– Petite chanceuse, va!

Le commentaire vient d'une grosse dame qui n'arrive pas à monter la glissière d'une jupe.

– Ça doit être facile de s'habiller quand on a ta taille!

Manon a le goût de sourire pour la première fois depuis longtemps. Elle pense aux paroles d'une vieille chanson qu'elle a entendue récemment : «Quand on a le temps, on n'a pas l'argent et quand on a l'argent, on n'a plus le temps.»

En ce moment, il faudrait plutôt dire : «Quand on a la taille, on n'a pas l'argent...»

Elle disparaît aussitôt dans la salle d'essayage et referme la porte, décidée.

– Moi, j'ai l'intention de profiter de la chance pendant que je l'ai!

Un coup d'œil aux étiquettes. Une vraie fortune! Suit un moment de révolte.

– Mais c'est du vol! Les marchands, eux, ont bien le droit de nous voler!

Elle se ravise toutefois. Aujourd'hui, pas question de piquer. Elle est en mission. Elle veut connaître ses limites. Elle enlève donc à regret les vêtements et les rapporte à la commis.

– Merci! Je reviendrai peut-être demain, Madame.

Elle quitte le rayon des vêtements, fière de sa première victoire. Prochain arrêt : le comptoir des cosmétiques. Là, ça va être difficile de résister. Quelle explosion de couleurs! Des bouteilles de toutes les formes, des flacons lisses, d'autres givrés. Un parfum la séduit. L'affiche qui l'annonce attire son attention : «Il vous suivra jusqu'au bout du monde.» Elle pense aussitôt à Denis.

– Il me le faut! Je le veux!

Puis, elle se reprend.

– Oui, mais pas aujourd'hui!

Enfin, la tentation ultime : les bijoux. Colliers, bracelets, chaînes… Une vraie caverne d'Ali Baba! Elle essaie des boucles d'oreilles devant le miroir. Celles-ci sont trop petites, celles-là trop carrées pour l'ovale de son visage. Les plus belles, en argent, coûtent les yeux de la tête.

– Il me les faut! Je les veux!

La phrase, reprise pour la troisième fois en très peu de temps, résonne dans sa tête. Elle se rend compte tout à coup qu'il lui faut toujours de plus en plus de choses, qu'elle choisit toujours des articles de plus en plus dispendieux. Elle revoit les jeans, le pull, le parfum, et maintenant ce sont les boucles d'oreilles. Comment pourrait-elle s'y prendre pour obtenir tout ce qu'elle veut? Elle ne peut quand même pas passer sa vie à piquer! Comment va-t-elle y arriver? Il lui faut trouver une solution. Elle s'éloigne du comptoir. Elle sent qu'elle a besoin de marcher. C'est plus facile de penser en marchant. Elle marche donc... longtemps. Les idées se bousculent dans sa tête. Une phrase lui revient à l'esprit tout à coup, une phrase de son oncle Ferdinand, le philosophe en pantoufles de la famille.

– Quand on n'a pas les moyens de manger du steak, il faut se contenter de la viande hachée.

Elle rit jaune.

– Et quand on n'a même pas les moyens de s'acheter de la viande hachée?

– On crève, lui souffle une petite voix venue du fond d'elle-même.

– Quand même!

Manon poursuit son monologue. Elle marche toujours... jusqu'à ce que l'idée qui a commencé à germer fasse son chemin, se précise.

Enfin, sa décision est prise. Elle a fini de tourner en rond comme un ivrogne à la porte de la taverne. C'est le temps ou jamais de montrer son savoir-faire. D'un pas assuré, elle se dirige tout droit vers le fond du magasin.

* * *

Quinze minutes plus tard, elle sort par la porte qui donne sur le stationnement du boulevard. C'est drôle comme elle a le cœur plus léger qu'à son arrivée. Elle fait quelques pas, lève le nez pour respirer l'air froid. Deux hommes venant de sortir par une porte secondaire marchent dans sa direction. L'un d'eux est d'un chic incroyable! D'une taille impressionnante, athlétique et beau comme ce n'est pas permis. On le croirait sorti d'un film. Il marche droit, le collet de son blouson de cuir relevé, fier et sûr de lui. Il lui sourit au passage, comme pour laisser croire qu'il n'a rien à voir avec le gaillard en uniforme qui l'accompagne.

Manon le regarde s'éloigner. Elle reste estomaquée. Le plus beau gars du monde embarque dans une auto-patrouille, les mains menottées derrière le dos.

Une question lui traverse l'esprit comme un éclair.

– Est-ce un kleptomane ou un vrai voleur?

À ce moment même, elle est certaine d'avoir pris la bonne décision. Elle a bien fait d'aller remplir un formulaire de demande d'emploi. La gérante du personnel a même été encourageante.

– Avec Pâques qui arrive à grands pas, nous aurons sûrement besoin de vendeuses bilingues.

Manon pousse un soupir de satisfaction. Pour la première fois, depuis longtemps, elle a le goût de sauter et de crier.

– Mes jeans, mon pull, mon parfum, mes boucles d'oreilles, je vais les avoir et je vais les payer par-dessus le marché. Attention à vous, les lapins de Pâques! Manon Rousseau va vous aligner sur les tablettes comme de petits soldats, puis ça prendra pas de temps!

10

C'est jeudi, et Manon reprend goût à la vie un peu plus chaque jour. La chance lui sourit enfin : elle commence à travailler demain soir à six heures.

Pour le moment, elle a repris son poste d'observation à la bibliothèque... pas dans le coin des périodiques, cependant. Elle s'est trouvé un endroit plus stratégique d'où elle peut tout voir sans être remarquée. Impatiente, elle pianote sur le bras du fauteuil.

– C'est bizarre! Denis n'est pas encore passé. D'habitude, il va dîner vers midi et quart.

Elle a remarqué qu'il jette parfois un coup d'œil du côté où il l'a aperçue la semaine dernière. La journée où elle a changé de place, elle l'a bel et bien vu regarder deux fois. Peut-être qu'il ne lui en veut plus? Elle sent l'espoir renaître. Si seulement...

Valérie entre comme une tornade. Elle ne tient pas compte des signes de la bibliothécaire qui l'invite à se calmer et se dirige tout droit vers son amie.

– Qu'est-ce qui t'arrive? As-tu vu un fantôme?

– Manon, ce n'est pas le temps de rire! Écoute, Manon. Denis vient d'être blessé. Il paraît qu'il a la jambe fracturée. Il aurait perdu connaissance. L'ambulance s'en vient.

Le cœur de Manon a fait une pirouette. Le sang se glace dans ses veines, puis une bouffée de chaleur lui court le long de la colonne vertébrale.

– Ah, mon Dieu!

Elle se lève brusquement, sort de la bibliothèque en catastrophe, court plus qu'elle ne marche, mais soudain s'arrête pile. Là, monsieur Blanchard, l'air soucieux, suit le directeur adjoint qui se dirige à grands pas vers le gymnase. Un gars de douzième ne se gêne pas pour répandre la nouvelle.

– C'est Blanchard. Il a eu un accident. Il a un os de la jambe qui lui sort de la peau.

Assez de détails! Elle se sent ramollir. Elle ne va quand même pas faire la toile en plein milieu du corridor! Valérie, qui l'a suivie sans dire un mot, essaie maintenant de la rassurer.

– Regarde, les ambulanciers arrivent. Ils vont le conduire à l'hôpital, puis ils vont en prendre bien soin. Ils ne le laisseront pas souffrir, tu vas voir.

Les ambulanciers, tout à leur affaire, ont l'air rassurant. Le directeur adjoint tente en vain de disperser la centaine de curieux attroupés pour voir le spectacle. Les uns s'étirent le cou pour être sûrs de ne rien manquer. D'autres inventent des détails pour attirer l'attention.

– Ah! c'est écœurant de voir ça!

– Le muscle pend!

– Ils vont peut-être être obligés de lui couper la jambe!

Manon aurait le goût de leur crier de se taire et puis de s'en aller. Elle déteste ceux qui recherchent des sensations et pour qui cet accident n'est qu'une occasion de briser la monotonie. C'est fou comme le malheur des uns semble faire du bien aux autres..

À Valérie, qui ne dit pas un mot, qui la regarde, sympathique, elle dit, entre les dents :

– Qu'est-ce qu'ils veulent voir? Du sang? Qu'est-ce qu'ils veulent entendre? Des cris à fendre l'âme? Merde! C'est quand même pas un vidéo!

Les minutes s'écoulent au compte-gouttes.

– Ah, Valérie! Pourvu qu'il n'ait pas le drap sur la tête!

Valérie voudrait bien lui dire son éternel «Holà! Manon Rousseau, tu dramatises encore!»

Mais son amie fait trop pitié à voir.

– Oh Val! Je ne veux pas qu'il souffre!

La porte du gymnase s'ouvre enfin. La foule, qui s'était presque tue, s'écarte pour laisser passer la civière. Denis a le teint blême, le visage défait par la douleur. Il serre les dents pour ne pas se plaindre, pour ne pas crier. Ce n'est sûrement pas

Denis Blanchard qui va se lamenter comme une mémère devant tout le monde.

Manon sent que la boule qui s'est formée dans sa gorge va éclater. Elle a mal pour Denis. Valérie, qui comprend tout, lui met la main sur l'épaule.

– Viens, Man, on va aller prendre un café. Tu ne peux quand même pas aller à ton cours l'âme toute fripée comme ça.

HÔPITAL

11

Une semaine s'est écoulée depuis l'accident du gymnase et Manon a survécu à sa première fin de semaine de travail. L'expérience, loin d'être pénible, a été fort intéressante.

Ce n'est pas au rayon des confiseries qu'on l'a placée, mais au rayon des chapeaux, des gants et des lunettes de soleil. Elle est encore surprise de tout ce qu'elle a appris en si peu de temps. Des clientes, elle en a servi de toutes les sortes. Elle les a même classées en trois catégories. Les polies, qui semblent chagrinées de devoir la déranger, les effrontées, qui mettent les étalages sens dessus dessous avant de partir sans rien acheter, et les fouineuses, qui sont là «juste pour regarder». Elle a aussi vite appris que les goûts ne se discutent pas. Sinon, elle n'aurait jamais laissé partir la petite dame toute maquillée avec cet énorme chapeau breton. Elle lui aurait aussi certainement dit qu'elle avait l'air d'une mouche avec ses grosses lunettes noires bombées.

Manon doit interrompre la rétrospection qu'elle s'est imposée pour tromper sa nervosité. Elle est arrivée. L'hôpital est là, devant elle, énorme et menaçant. A-t-elle bien fait d'écouter Valérie?

– Écoute, Manon! T'as le goût d'aller le voir? Bien, vas-y!

– S'il ne veut pas me voir?

– Il ne peut quand même pas se sauver. Il paraît qu'il a la jambe accrochée à une poulie.

– Si je rencontre ses parents, je vais mourir!

– Vas-y juste avant d'aller travailler.

Valérie a sans doute raison. À cette heure, il n'y aura personne. Elle monte les marches comme si elle marchait sur des œufs, tire la porte, cherche le bureau des renseignements.

– La chambre de Denis Blanchard, s'il vous plaît?

Elle reconnaît à peine sa propre voix.

– La 307. Au troisième. À gauche en sortant de l'ascenseur.

Elle attend quelques instants pour se donner du courage. Dans l'ascenseur, elle tient les deux sacs qu'elle transporte comme un naufragé tiendrait une bouée.

– Pourvu que j'aie eu une bonne idée!

Les portes s'ouvrent. Elle tourne à gauche. Deux infirmières debout au poste discutent avec une femme en sarrau, le stéthoscope autour du cou. C'est peut-être le médecin de Denis! Elle passe le solarium où quelques patients regardent la télé. Une jeune fille, le corps emprisonné dans un corset, marche à pas de souris en tenant la rampe fixée au mur du corridor. L'odeur de l'hôpital lui monte au nez. Ses paumes sont moites, des papillons se font sentir dans son ventre, le sang bat dans ses tempes.

La chambre 307. Manon prend une grande respiration, puis pousse la porte. Il est là, légèrement tourné, face à la télé. Elle crâne.

– Vous voulez de la soupe au chou-fleur ou un bon hamburger juteux?

Il tourne la tête... et reste saisi.

Manon sait que tout va se jouer dans les prochaines secondes : le rejet ou les retrouvailles.

Il la regarde comme si elle était une extraterrestre, l'espace de quelques tic-tac, puis son visage s'éclaire et un sourire franc lui fend la bouche jusqu'aux oreilles.

C'est gagné! Un feu d'artifice éclate en pleine chambre d'hôpital. Manon fait quelques pas, plonge la main dans un sac et en ressort le nounours qui leur avait servi d'intermédiaire à leur première querelle. La note griffonnée est encore épinglée à sa poitrine. Denis reconnaît son écriture : «On fait la paix?» Il fait «oui» de la tête.

Manon a le goût de pleurer, le goût de rire, le goût de l'embrasser, mais elle n'en fait rien. Denis, conscient du malaise, coupe le silence.

– C'est l'autre sac qui sent bon comme ça?

– Ah! mon Dieu, j'oubliais!

Il défait l'emballage, regarde le hamburger dégoulinant et mord dedans à belles dents.

– Tu sais, ce n'est pas de la soupe au chou-fleur aujourd'hui. C'est de la crème de tomate. Mais je préfère encore un hamburger juteux... même tiède.

La glace est vraiment brisée. Leurs rires sonores emplissent la petite chambre, libèrent la tension, chassent le malaise.

Les quinze minutes qui suivent passent en un clin d'œil. Ils ont tant de choses à se dire. Tout à coup, Manon pense à la gérante qui n'accepte aucun retard.

– Il va falloir que je parte. Je travaille à six heures.

Denis ne pose aucune question. Il a compris. Il sent qu'il aura tout le temps pour connaître les détails. Manon tend le bras pour prendre son sac à main sur la table de chevet. Denis lui retient le poignet.

– On s'embrasse? Il faut toujours s'embrasser quand on se réconcilie.

Manon ferme les yeux. C'est bon! C'est doux!

– Tu es libre le 18 juin?

– Oui.

– Ça ne te dérangerait pas trop d'aller au bal avec un éclopé? J'en ai pour six mois dans le plâtre.

– Je pousserai même ta chaise roulante.

– Un beau smoking avec une chaise roulante chromée, tu vois ça!

– On s'en reparlera, si tu veux.

Manon lui donne un dernier bec sur le nez et tourne les talons. Au moment où elle va sortir, Denis l'interpelle.

– Manon... Josée Sauriol, c'est ma cousine!

Achevé d'imprimer en mars 1993
sur les presses
du Centre franco-ontarien de ressources pédagogiques